•Las aventuras de Nicolás•
La gata perdida

•Adventures with Nicholas•
The Missing Cat

Illustrated by
Chris L. Demarest

Berlitz Kids™
Berlitz Publishing Company, Inc.

Princeton, New Jersey   Mexico City, Mexico   Dublin, Ireland
Eschborn, Germany   Singapore, Singapore

Copyright © 1996 by Berlitz Publishing Company, Inc.
Berlitz Kids™
400 Alexander Park
Princeton, NJ 08540

Printed in USA

Library of Congress Cataloging-in-Publication Data

Las aventuras de Nicolás : la gata perdida = Adventures with
Nicholas : the missing cat/ illustrated by Chris L. Demarest.
p. cm.
Summary: Nicholas the dog goes searching for his missing
pet cat, Princess.

ISBN 2-8315-5745-3 (pbk) – ISBN 2-8315-5750-X (audio)
ISBN 2-8315-5714-3 (pkg)

[1. Dogs–Fiction. 2. Cats–Fiction. 3. Spanish language
materials–Bilingual.] I. Demarest, Chris L., ill.
PZ73.A918 1996
[E]–dc20   96-32016
                                                    CIP
                                                    AC

3   5   7   9   10   8   6   4   2

Dear Parents,

One of the most enriching experiences a child can have is learning a new language. Young children love learning, and Berlitz makes learning a new language more fun than ever before.

In 1878, Professor Maximilian Berlitz had a revolutionary idea about making language learning accessible and enjoyable. These same principles are still successfully at work today. Developed by an experienced team of language experts and educators, Berlitz Kids products are based on our century-old commitment to excellence as well as on the latest research about teaching children a second language.

One of the great joys of parenting is learning and discovering by listening to stories with your child. This is the very best way for a child to acquire beginning knowledge of a second language. In fact, by about the age of four, many children enjoy hearing stories for as long as 15 minutes.

The materials you are holding in your hands—*Adventures with Nicholas*—are designed to introduce children to a second language in a positive, accessible, and enjoyable way. The eight episodes present foreign language words gradually. And the content and vocabulary have been carefully chosen to interest and involve your child. You can use the materials at home, of course. You can also use them in the car, on the bus, or anywhere at all.

On one side of the audio cassette your child will hear the stories with wonderful sound effects. On the other side, your child will sing along with the entertaining and memorable songs. The songs are not just fun. Language experts say that singing songs helps kids learn the sounds of a new language more easily. What's more, an audio dictionary helps your child learn pronunciations of important words.

As you listen to the stories, be sure to take your cues from your child. Above all, keep it fun.

Welcome!

The Editors at Berlitz Kids

1 ¿Dónde está Princesa?

Where Is Princess?

Nicolás quiere a su gata.
Se llama Princesa.

Nicholas loves his cat.
Her name is Princess.

—¡Dios mío!
¿Dónde está Princesa?

"Oh, no!
Where is Princess?"

Juan es el hermano de Nicolás.
—Hola, Juan, ¿dónde está Princesa?
—No sé.

John is Nicholas's brother.
"Hi, John, where is Princess?"
"I don't know."

—Buenos días, mamá. ¿Dónde está Princesa?
—No sé.

"Good morning, Mom. Where is Princess?"
"I don't know."

María es la hermana de Nicolás.
—Hola, María, ¿dónde está Princesa?
—No sé.

Maria is Nicholas's sister.
"Hi, Maria, where is Princess?"
"I don't know."

—Buenos días, papá. ¿Dónde está Princesa? — pregunta Nicolás.

—No sé. Vamos a buscarla —dice su papá.

—Yo quiero ir también —dice María.

Así que Nicolás, María y su papá van a buscar a Princesa.

"Good morning, Dad. Where is Princess?" asks Nicholas.
"I don't know. Let's go look for her," says his dad.
"I want to go, too," says Maria.
So, Nicholas, Maria, and their dad go out to look for Princess.

Buscando a Princesa

Looking for Princess

Nicolás, María y su papá buscan a Princesa.
—Princesa, ¿dónde estás?
—Princesa, ¿dónde estás?
—Princesa, ¿dónde estás?

Nicholas, Maria, and their dad are looking for Princess.
"Princess, where are you?"
"Princess, where are you?"
"Princess, where are you?"

Buscan por aquí.

They look here.

Buscan por allí.

They look there.

Buscan por todas partes.

They look everywhere.

Nicolás no ve a Princesa.
¡Pero sí ve la comida!
—Tengo hambre —dice Nicolás.
—Tengo sed —dice su papá.
—Tengo hambre y sed —dice María.

Nicholas doesn't see Princess.
But he does see food!
"I'm hungry," says Nicholas.
"I'm thirsty," says his dad.
"I'm hungry and thirsty," says Maria.

—¿Quieres una manzana?
—No, no quiero una manzana —dice Nicolás.
—¿Quieres uvas?
—No, no quiero uvas.

"Do you want an apple?"
"No. I don't want an apple," says Nicholas.
"Do you want some grapes?"
"No. I don't want any grapes."

—¿Qué quieres?
—¡Quiero una banana! —dice Nicolás.
—¡Mmm! ¡Qué rica! ¡Gracias, papá!
—¡De nada, Nicolás!

"What do you want?"
"I want a banana!" says Nicholas.
"Mmm! That's good. Thanks, Dad!"
"You're welcome, Nicholas!"

—Hola, estoy buscando a mi gata.
Se llama Princesa.
¿Sabe dónde está?

"Hello. I'm looking for my cat.
Her name is Princess.
Do you know where she is?"

—Tal vez está por allí.
—Papá, vamos a buscarla por allí —dice Nicolás.
—Qué buena idea —dicen su papá y María.
Y se van a buscarla.

"Maybe she's over there."
"Dad, let's look over there," says Nicholas.
"Good idea," say his dad and Maria.
And away they go.

3 El dibujo de Princesa

Princess's Picture

—Vamos, Nicolás.
Vamos a pedir ayuda.
—Mi gata está perdida —dice Nicolás.
—Por favor, ¿puede ayudarme?

"Come on, Nicholas.
Let's get help."
"My cat is lost," says Nicholas.
"Can you please help me?"

—Claro que puedo ayudarte.
¿Es la gata grande o pequeña, Nicolás?
—Es pequeña —dice Nicolás.

"Sure, I can help you.
Is your cat big or little, Nicholas?"
"She's little," says Nicholas.

—¿Es blanca?
—No, no es blanca.

"Is she white?"
"No. She isn't white."

19

—¿Es negra?
—No, no es negra."

"Is she black?"
"No. She isn't black."

—¿Es rosada?
—¡No, no! ¡No es rosada!
Princesa es anaranjada.

"Is she pink?"
"No, no! She isn't pink!
Princess is orange."

—¡Sí, ésa es Princesa! ¡Gracias!
—De nada. Vamos a poner los
   dibujos por todo el pueblo.
Y se van.

"Yes, that's Princess! Thank you!"
"You're welcome. Let's put these
   pictures all around the town."
And that's what they do.

4

Los diez dibujos de Princesa

Ten Princesses

—Vamos a la biblioteca, papá.
Mucha gente va a la biblioteca.

*"Let's go to the library, Dad.
Lots of people go to the library."*

—Vamos al correo —dice el papá de Nicolás.

—Mucha gente va al correo.

—Es verdad —dice María.

"Let's go to the post office," says Nicholas's dad.
"Lots of people go to the post office."
"That's right," says Maria.

—Vamos al hotel.
Mucha gente va al hotel.

*"Let's go to the hotel.
Lots of people go to the hotel."*

—Vamos al mercado y a la panadería.
Mucha gente va allí también.

*"Let's go to the grocery store and the bakery.
Lots of people go there, too."*

Ellos van por todas partes del pueblo.
—Gracias por ayudarnos —dice Nicolás.
—¡Muchas gracias! —dice María.
—¡De nada!

They go all around the town.
"Thank you for helping," says Nicholas.
"Thank you very much!" says Maria.
"You're welcome."

Nicolás cuenta.
—Uno, dos, tres, cuatro, cinco,
    seis, siete, ocho, nueve, diez.
¡Diez dibujos de Princesa!
Nicolás y María ya se sienten mejor.

Nicholas counts.
"One, two, three, four, five,
    six, seven, eight, nine, ten.
Ten pictures of Princess!"
Nicholas and Maria feel better already.

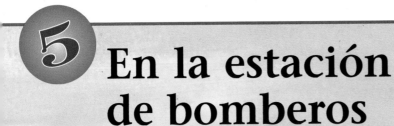

5

En la estación de bomberos

At the Firehouse

—Tenemos un dibujo más.
Vamos a llevarlo a la estación de bomberos —
 dice Nicolás.

"We have one more picture.
Let's take it to the firehouse," says Nicholas.

—Hola, ¿puede ayudarnos? —pregunta Nicolás.

—¿Hay un incendio?

—No. Estoy buscando a mi gata.

—¿Se está quemando tu gata?

—No, está perdida.

—La gata es así —dice el papá de Nicolás.

"Hello. Can you help us?" asks Nicholas.
"Is there a fire?"
"No. I'm looking for my cat."
"Is your cat on fire?"
"No, she's lost."
"She looks like this," says Nicholas's dad.

—Ummm. Déjame ver.
El domingo, no hay gata.
El lunes, no hay gata.

*"Hmmm. Let me see.
On Sunday, no cat.
On Monday, no cat.*

31

El martes, no hay gata.
El miércoles, no hay gata.
El jueves, no hay gata.
El viernes, no hay gata.

On Tuesday, no cat.
On Wednesday, no cat.
On Thursday, no cat.
On Friday, no cat."

—Hoy es sábado.
Hoy, no hay gata.
No hay gata en toda la semana.
Lo siento. No puedo ayudarles.
Pero llámenme si ven un incendio.

"Today is Saturday.
No cat today.
No cat all week.
I'm sorry. I can't help you.
But call me if you see a fire."

—Nadie puede encontrar a Princesa —dice Nicolás.

—Princesa todavía está perdida.

—No te desanimes —dice su papá.

—No te desanimes —dice su hermana.

Nicolás se sonríe.

Pero piensa, —La echo de menos.

"No one can find Princess," says Nicholas.
"Princess is still lost."
"Don't give up," says his dad.
"Don't give up," says his sister.
Nicholas smiles.
But he thinks, "I still miss Princess."

6 Recordando a Princesa

Remembering Princess

Nicolás recuerda a su gata.
—En la primavera, a Princesa le gustan las flores.
Ella juega en el jardín.

Nicholas remembers his cat.
"In the spring, Princess likes the flowers.
She plays in the garden."

—En el verano, a Princesa le gustan los peces.
Ella juega cerca del estanque.
¡Pero no le gusta mojarse!

"In the summer, Princess likes the fish.
She plays by the pond.
But she doesn't like to get wet!"

—En el otoño, a ella le gustan las hojas.
Ella juega en los árboles.

"In the fall, she likes the leaves.
She plays in the trees."

En el invierno, a Princesa le gusta la nieve.
Ella juega conmigo.

*"In the winter, Princess likes the snow.
She plays with me."*

—¡Mira quién viene!
¡Y mira lo que trae!
Hola. ¿Está Princesa ahí? —pregunta Nicolás.
—No, Nicolás, lo siento.
Princesa no está aquí.

"Look who's coming!
And look what he's carrying!
Hello. Is Princess in there?" asks Nicholas.
"No, Nicholas, I'm sorry.
It's not Princess."

—Pero tengo un gato.
Es muy lindo
    y necesita un hogar.
¿Puedes adoptarlo?
—Sí, sí —dice Nicolás.
Y así es como Nicolás consigue
    un gato nuevo.

"But I do have a cat.
He's very cute,
    and he needs a home.
Can you take him in?"
"Yes, yes," says Nicholas.
And that is how Nicholas gets
    his new cat.

7 Un gato, dos gatos

One Cat, Two Cats

Nicolás llama a su mamá.
—¡Mamá! ¡Mira!
Tenemos un gatito nuevo.
—¡Qué bueno! —dice mamá.
Nicolás llama a su hermano.
—¡Juan! ¡Mira!
Tenemos un gatito nuevo.
—¡Qué bueno! —dice Juan.

Nicholas calls his mom.
"Mom! Look!
We have a new kitten."
"Great!" says Mom.
Nicholas calls his brother.
"John! Look!
We have a new kitten."
"Great!" says John.

El gatito va por toda la casa.
Juega en la cocina.
Corre por todos lados.
Encuentra comida.
—Le gusta —dice Nicolás.

The kitten looks all around the house.
He plays in the kitchen.
He runs around and around.
He finds some food.
"He likes it," says Nicholas.

El gatito juega en la sala.
Encuentra su cama.
—Le gusta —dice Nicolás.

The kitten plays in the living room.
He finds his bed.
"He likes it," says Nicholas.

El gatito juega en el cuarto de baño.
Corre de arriba a abajo.
Encuentra a un ratón de juguete.
—Le gusta. Le gusta muchísimo.

The kitten plays in the bathroom.
He runs up and down.
He finds a toy mouse.
"He likes it. He likes it a lot."

El gatito juega en el dormitorio.
Corre por todos lados,
adentro y afuera,
arriba y abajo.
¡Mira lo que encuentra!

The kitten plays in the bedroom.
He runs around and around,
in and out,
and up and down.
Look what he finds!

¡Princesa!
—Te quiero, Princesa —dice Nicolás.
—Yo te quiero, también —dice María.
—Yo te quiero, también —dice Juan.

Princess!
"Princess, I love you," says Nicholas.
"I love you, too," says Maria.
"I love you, too," says John.

45

—¡Mira, mamá! ¡Mira, papá!
¡Aquí está Princesa!
A Princesa le gusta el gatito.
Al gatito le gusta Princesa también.
Y Nicolás se siente muy, muy feliz.

"Look Mom! Look, Dad!
It's Princess!"
Princess likes the kitten.
The kitten likes Princess, too.
And Nicholas feels very, very happy.

La fiesta

The Party

—Ahora tenemos dos gatos —dice Nicolás.
—¡Vamos a celebrarlo!
—Sí —dice la mamá. —Vamos a hacer una fiesta
  a las siete.

"Now we have two cats," says Nicholas.
"Let's celebrate!"
"Yes," says Mom. "Let's have a party at seven o'clock."

—Papá, ¿podemos empezar la fiesta ahora? —
  pregunta Nicolás.
—No, Nicolás, son sólo las cinco.
La fiesta empieza dentro de dos horas.

"Dad, can we start the party now?" asks Nicholas.
"No, Nicholas, it's only five o'clock.
The party starts in two hours."

—María, ¿podemos empezar la fiesta ahora?
—No, Nicolás, son sólo las seis.
La fiesta empieza dentro de una hora.

"Maria, can we start the party now?"
"No, Nicholas, it's only six o'clock.
The party starts in one hour."

—¡Qué bueno! Son las siete.
¡Es hora de empezar la fiesta! —dice Nicolás.

"Hooray! It's seven o'clock.
It's time for the party!" says Nicholas.

—¿Puedo comer helado? —pregunta Nicolás.
—¿Y yo también? —pregunta Juan.
—Sí —dice mamá.
—¿Puedo comer pastel? —pregunta Nicolás.
—¿Y yo también? —pregunta Juan.
—Sí —dice mamá.

"May I have some ice cream?" asks Nicholas.
"Me too?" asks John.
"Yes," says Mom.
"May I have some cake?" asks Nicholas.
"Me too?" asks John.
"Yes," says Mom.

—¡Qué fiesta fabulosa! —dice María.
—¡Tenemos mucha suerte! —dice Nicolás.
—¡Somos una familia feliz!

"What a great party!" says Maria.
"We're so lucky!" says Nicholas.
"We're one big, happy family!"

Song Lyrics

¡Miau! *(Meow!)*

[Sung to the tune of "Oh Where, Oh Where Has My Little Dog Gone?"]

¿Adónde? ¿Adónde	*Oh where, oh where*
fue mi gatita?	*Has my little cat gone?*
¿Dónde? ¿Dónde estará?	*Oh where, oh where can she be?*
Cortas orejitas,	*With her ears so short,*
larga colita,	*And her tail so long,*
¿En el árbol estará?	*I think she's up in a tree!*
¡MIAU!	*MEOW!*
¿Adónde? ¿Adónde	*Oh where, oh where*
fue mi gatita?	*Has my little cat gone?*
¿Dónde? ¿Dónde estará?	*Oh where, oh where can she be?*
Cortas orejitas,	*With her ears so short,*
larga colita,	*And her tail so long,*
¿Bajo la alfombra estará?	*I think she's under the rug.*
¡MIAU!	*MEOW!*
¿Adónde? ¿Adónde	*Oh where, oh where*
fue mi gatita?	*Has my little cat gone?*
¿Dónde? ¿Dónde estará?	*Oh where, oh where can she be?*
Cortas orejitas,	*With her ears so short,*
larga colita,	*And her tail so long,*
¿El auto conducirá?	*I think she's driving the car.*
¡ZAS!	*CRASH!*
¿Adónde? ¿Adónde	*Oh where, oh where*
fue mi gatita?	*Has my little cat gone?*
¿Dónde? ¿Dónde estará?	*Oh where, oh where can she be?*
Cortas orejitas,	*With her ears so short,*
larga colita,	*And her tail so long,*
¿Habrá ido a nadar al mar?	*I think she went out to sea!*
¡UY!	*AHOY!*
¿Adónde? ¿Adónde	*Oh where, oh where*
fue mi gatita?	*Has my little cat gone?*
¿Dónde? ¿Dónde estará?	*Oh where, oh where can she be?*
Cortas orejitas,	*With her ears so short,*
larga colita,	*And her tail so long,*
¿Dónde? ¿Dónde estará?	*Oh where, oh where can she be?*
¡MIAU!	*MEOW!*

Song to Accompany Story 2

Mi gatita *(My Kitten)*

[Sung to the tune of "The Cat and the Rat" (French Folk Song)]

Hambrienta mi gatita está. Le gustan las bananas. Al árbol alto subirá y allí se las comerá.	*My kitten is a hungry cat.* *She likes to eat bananas.* *She climbs up into tall trees,* *And gobbles them right down.*
¡La, la, la, la! ¡Qué ricas están las bananas! ¡Ja, ja, ja, ja! ¡Todas se comerá!	*Munch, munch, munch, munch,* *How delicious the bananas are!* *Munch, munch, munch, munch,* *She gobbles them right down.*
Hambrienta mi gatita está. Le gustan las manzanas. Al árbol alto subirá y allí se las comerá.	*My kitten is a hungry cat.* *She likes to eat green apples.* *She climbs up into tall trees,* *And gobbles them right down.*
¡La, la, la, la! ¡Qué ricas están las manzanas! ¡Ja, ja, ja, ja! ¡Todas se comerá!	*Munch, munch, munch, munch,* *How delicious the apples are!* *Munch, munch, munch, munch,* *She gobbles them right down.*
Hambrienta mi gatita está. Le gustan las naranjas. Al árbol alto subirá y allí se las comerá.	*My kitten is a hungry cat.* *She likes to eat fresh oranges.* *She climbs up into tall trees,* *And gobbles them right down.*
¡La, la, la, la! ¡Qué ricas están las naranjas! ¡Ja, ja, ja, ja! ¡Todas se comerá!	*Munch, munch, munch, munch,* *How delicious the oranges are!* *Munch, munch, munch, munch,* *She gobbles them right down.*

Song to Accompany Story 3

Perros rosados y vacas azules *(Pink Dogs and Blue Cows)*

[Sung to the tune of "My Bonnie Lies over the Ocean"]

Nunca vi perros rosados. Ni pensé que los habría de ver. Pero ése que está ahí me mira y me mira a mí.	*I never believed there were pink dogs.* *They are such a strange sight to see.* *I never believed there were pink dogs,* *But that one is staring at me.*
Guau, guau, guau, guau, me mira y me mira a mí ¡AHORA! Guau, guau, guau, guau, me mira y me mira a mí.	*Ruff, ruff, ruff, ruff,* *A pink dog is staring at me* *—RIGHT NOW!* *Ruff, ruff, ruff, ruff,* *A pink dog is staring at me.*

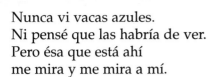

Nunca vi vacas azules.	*I never believed there were blue cows.*
Ni pensé que las habría de ver.	*They are such a strange sight to see.*
Pero ésa que está ahí	*I never believed there were blue cows,*
me mira y me mira a mí.	*But that one is staring at me.*
Muu, muu, muu, muu,	*Moo, moo, moo, moo,*
me mira y me mira a mí	*A blue cow is staring at me*
¡AHORA!	*—RIGHT NOW!*
Muu, muu, muu, muu,	*Moo, moo, moo, moo,*
me mira y me mira a mí.	*A blue cow is staring at me.*
Nunca vi caballos verdes.	*I never believed in green horses.*
Ni pensé que los habría de ver.	*They are such a strange sight to see.*
Pero ése que está ahí	*I never believed in green horses,*
me mira y me mira a mí.	*But that one is staring at me.*
¡Ea, ea, ea, ea!,	*Neigh, neigh, neigh, neigh,*
me mira y me mira a mí.	*A green horse is staring at me*
¡AHORA!	*—RIGHT NOW!*
¡Ea, ea, ea, ea!	*Neigh, neigh, neigh, neigh,*
me mira y me mira a mí.	*A green horse is staring at me.*

Song to Accompany Story 4

Tic, tic *(Drip Drop)*

[Sung to the tune of "Little Bird at My Window" (German Folk Song)]

Tic tic. Tic tic.	*Drip drop. Drip drop.*
Tic tic. Tic tic.	*Drip drop. Drip drop.*
Mira por mi ventana	*Come and look out my window.*
¿Ves lo que veo yo?	*Do you see what I see?*
Veo cinco gotitas,	*I see five little raindrops,*
sonriéndome.	*Smiling at me.*
[*Repeat with* cuatro gotitas,	[Repeat with four little raindrops,
then tres, *then* dos gotitas.]	then three, then two little raindrops.]
Mira por mi ventana	*Come and look out my window.*
¿Ves lo que veo yo?	*Do you see what I see?*
Veo una gotita	*I see one little raindrop,*
sonriéndome.	*Smiling at me.*
Mira por mi ventana	*Come and look out my window.*
¿Ves lo que veo yo?	*Do you see what I see?*
Brilla el sol en el cielo,	*There's a sky full of sunshine,*
sonriéndome.	*Smiling at me.*
¡Vamos a jugar!	*Let's play!*

Song to Accompany Story 5

Yo busco *(I'm Looking)*
[Sung to the tune of "Loop-ty Loo"]

Yo busco a mi gatito	*I'm looking for my kitten.*
y mis libros también.	*I'm looking for my book.*
Mis lápices yo busco;	*I'm looking for my pencils.*
nada puedo encontrar.	*I don't know where to look.*
El lunes, martes y miércoles,	*Monday, Tuesday, and Wednesday,*
¡nada pude encontrar!	*Any day I choose.*
Jueves, viernes y sábado,	*Thursday, Friday, and Saturday,*
tampoco el domingo, nada hallé.	*By Sunday there's something I lose.*
Yo busco a mi tortuga	*I'm looking for my turtle.*
y el balón que perdí	*I'm looking for my ball.*
y todos los crayones	*I'm looking for my crayons.*
que dejé por ahí.	*I don't see them at all.*
[Repeat chorus.]	*[Repeat chorus.]*
Yo busco mis guantes,	*I'm looking for my mittens.*
mis zapatos también.	*I'm looking for my shoes.*
Se me perdió mi hermano.	*I'm looking for my brother.*
¿Qué más perderé?	*What else will I lose?*
[Repeat chorus.]	*[Repeat chorus.]*

Song to Accompany Story 6

Primavera, verano, otoño, invierno
(Spring, Summer, Fall, Winter)
[Sung to the tune of "The More We Get Together" (German Folk Song)]

Le di un regalo a mamá,	*I gave my mom a present,*
a mamá, a mamá.	*A present, a present.*
Le di un regalo a mamá	*I gave my mom a present*
porque era primavera.	*Because it was spring.*
Le di unas flores:	*I gave her some flowers,*
margaritas y rosas.	*Some daisies, and roses.*
Le di un regalo a mamá	*I gave my mom a present*
porque era primavera.	*Because it was spring.*
Le di un regalo a mamá,	*I gave my mom a present*
a mamá, a mamá.	*A present, a present.*
Le di un regalo a mamá	*I gave my mom a present*
porque era verano.	*Because it was summer.*
Le di melocotones,	*I gave her peaches,*
cerezas y fresas.	*cherries, and strawberries.*
Le di un regalo a mamá	*I gave my mom a present*
porque era verano.	*Because it was summer.*

Le di un regalo a mamá, a mamá, a mamá. Le di un regalo a mamá porque era otoño. Hojas rojas le regalé, verdes y anaranjadas. Le di un regalo a mamá porque era otoño.	*I gave my mom a present* *A present, a present.* *I gave my mom a present* *Because it was fall.* *I gave her some red leaves,* *Some green leaves, some orange leaves.* *I gave my mom a present* *Because it was fall.*
Le di un regalo a mamá, a mamá, a mamá. Le di un regalo a mamá porque era invierno. Siete bolas de nieve muy blancas y heladas. Le di un regalo a mamá porque era invierno.	*I gave my mom a present* *A present, a present.* *I gave my mom a present* *Because it was winter.* *I gave her seven snowballs,* *very white and frozen.* *I gave my mom a present.* *Because it was winter.*

Song to Accompany Story 7

Un gato, dos gatos *(One Cat, Two Cats)*
[Sung to the tune of "Where is Thumbkin?"]

Un gato. Dos gatos. Éste es mi gato. ¡Míralo jugar! ¡Vamos a gozar!	*One cat, two cats,* *This is my cat.* *Watch him play.* *Let's have fun!*
Corre por la cocina, y en el dormitorio. ¡Qué divertido! ¡Míralo correr!	*He runs around the kitchen.* *He runs around the bedroom.* *Oh, what fun!* *See him run!*
[Repeat chorus.]	*[Repeat chorus.]*
Corre hasta en el baño, y cruza el comedor. ¡Qué divertido! ¡Míralo correr!	*He runs around the bathroom.* *He runs around the dining room.* *Oh, what fun!* *See him run!*
[Repeat chorus.]	*[Repeat chorus.]*
Por la ciudad él corre. ¡Fíjate qué bonito! ¡Qué divertido! ¡Míralo correr! ¡Míralo correr!	*He runs around the city.* *He looks so very pretty.* *Oh, what fun!* *See him run!* *See him run!*

Mi fiesta *(My Party)*

[Sung to the tune of "El coquí" (Puerto Rican Folk Song)]

Estamos de fiesta,	*Here we are at the party,*
contentos y felices.	*We're happy as happy can be.*
Gozamos de la fiesta	*We're enjoying the party.*
todos mis amigos y yo.	*And all of my friends are with me.*
La gata aquí	*Here's the cat.*
usa sombrero.	*She's wearing a hat.*
Estamos de fiesta,	*Here we are at the party,*
contentos y felices.	*We're happy as happy can be.*
Gozamos de la fiesta	*We're enjoying the party.*
todos mis amigos y yo.	*And all of my friends are with me.*
La víbora	*Here's the snake.*
come más pastel.	*He's eating more cake.*
La gata aquí	*There's the cat.*
usa sombrero.	*She's wearing a hat.*
Estamos de fiesta,	*Here we are at the party,*
contentos y felices.	*We're happy as happy can be.*
Gozamos de la fiesta	*We're enjoying the party.*
todos mis amigos y yo.	*And all of my friends are with me.*
Y danza así	*Here's the pig.*
cerdo bailarín.	*He's dancing a jig.*
La víbora	*There's the snake.*
come más pastel.	*He's eating more cake.*
La gata aquí	*There's the cat.*
usa sombrero.	*She's wearing a hat.*
Estamos de fiesta,	*Here we are at the party,*
contentos y felices.	*We're happy as happy can be.*
Gozamos de la fiesta	*We're enjoying the party.*
todos mis amigos y yo.	*And all of my friends are with me.*
El caballo	*Here's the horse.*
canta, ¿cómo no?	*He's singing, of course.*
Y danza así	*There's the pig.*
cerdo bailarín.	*He's dancing a jig.*
La víbora	*There's the snake.*
come más pastel.	*He's eating more cake.*
La gata aquí	*There's the cat.*
usa sombrero.	*She's wearing a hat.*
Estamos de fiesta,	*Here we are at the party,*
contentos y felices.	*We're happy as happy can be.*
Gozamos de la fiesta	*We're enjoying the party.*
todos mis amigos y yo.	*And all of my friends are with me.*

English/Spanish Picture Dictionary

Here are some of the people, places, and things that appear in this book.

apple
manzana

bedroom
dormitorio

bakery
panadería

book
libro

banana
banana

brother
hermano

bathroom
cuarto de baño

cake
pastel

car
auto

cat
gata

cows
vacas

dad
papá

ears
orejitas

fall
otoño

fire
incendio

firehouse
estación de bomberos

fish
peces

flowers
flores

grapes
uvas

grocery store
mercado

hat
sombrero

horses
caballos

hotel
hotel

ice cream
helado

kitchen
cocina

kitten
gatito

leaves
hojas

library
biblioteca

living room
sala

mom
mamá

oranges
naranjas

party
fiesta

people
gente

pig
cerdo

pond
estanque

post office
correo

present
regalo

shoes
zapatos

sister
hermana

tail
colita

snake
víbora

town
pueblo

snow
nieve

trees
árboles

spring
primavera

turtle
tortuga

summer
verano

winter
invierno

Word List

a	conmigo	flores	mamá	Princesa	todas
abajo	consigue	gata	manzana	pueblo	todavía
adentro	corre	gatito	María	puede	todo
adoptarlo	correo	gato	martes	puedes	todos
afuera	cuatro	gatos	más	puedo	trae
ahí	cuenta	gente	mejor	que	tres
ahora	de	gracias	menos	qué	tu
al	déjame	grande	mercado	quemando	un
allí	del	gusta	mi	quién	una
anaranjada	dentro	gustan	miércoles	quiere	uno
aquí	desanimes	hacer	mío	quieres	uvas
árboles	días	hambre	mira	quiero	va
arriba	dibujo	hay	mojarse	ratón	vamos
así	dibujos	helado	mucha	recordando	van
aventuras	dice	hermana	muchas	recuerda	ve
ayuda	dicen	hermano	muchísimo	rica	ven
ayudarles	diez	hogar	muy	rosada	ver
ayudarme	Dios	hojas	nada	sábado	verano
ayudarnos	domingo	hola	nadie	sabe	verdad
ayudarte	dónde	hora	necesita	sala	vez
banana	dormitorio	horas	negra	se	viene
baño	dos	hotel	Nicolás	sé	viernes
biblioteca	echo	hoy	nieve	sed	y
blanca	el	idea	no	seis	ya
bomberos	ella	incendio	nueve	semana	yo
buena	ellos	invierno	o	si	
bueno	empezar	ir	ocho	sí	
buenos	empieza	jardín	otoño	siente	buenos días
buscan	en	Juan	panadería	sienten	Dios mío
buscando	encontrar	juega	papá	siento	echo de
buscar	encuentra	jueves	partes	siete	menos
buscarla	es	juguete	pastel	sólo	no te
cama	ésa	la	peces	somos	desanimes
casa	está	lados	pedir	son	por todas
celebrarlo	estación	las	pequeña	sonríe	partes
cerca	estanque	le	perdida	su	tenemos
cinco	estás	lindo	pero	suerte	suerte
claro	estoy	llama	piensa	tal	tengo hambre
cocina	fabulosa	llámenme	podemos	también	
comer	familia	llevarlo	poner	te	
comida	favor	lo	por	tenemos	
como	feliz	los	pregunta	tengo	
con	fiesta	lunes	primavera	toda	